... la cantine,
...lis. Champion
... la cour,
...é de Chloé.

SÉBASTIEN : il passe
sa journée à dessiner.
Il est très fort.

JEANNE : elle fait tout
en courant, c'est une
championne pour jouer à chat.

LÉON : il adore les livres
et les fourmis. Il mord
si on l'embête.

MA MAÎTRESSE :
la plus belle !

Et moi,
je suis comment ?

à Julian

© casterman 2003
www.casterman.com
Mise en page : Petit Scarabée
Dépôt légal : avril 2003 ; D.2003/0053/102 - ISBN : 2-203-14340-1
Droits de traduction et de reproduction réservés pour tous pays.
Déposé au ministère de la Justice,
Paris (loi n° 49.956 du 16 juillet 1949 sur les publications
destinées à la jeunesse). Imprimé en France par Pollina, Luçon - n° L89128-C.

CLAUDIA BIELINSKY

PIQUE-NIQUE à la ferme

casterman

Aujourd'hui, Uki et ses amis vont visiter
la ferme de la Mare-Sèche. Tous les enfants
sont contents, sauf Barbara.
– Le car, ça me fait mal au cœur,
dit Barbara. J'aime pas ça !

Barbara a enfin accepté de monter et le car
est parti. Tout le monde rit, tout le monde crie.
Uki adore la nouvelle chanson de Guillaume.
"On va à la ferme,
on fait une chanson.
On va voir les vaches,
les poules et les cochons !"

On va à la ferme, on fait une chanson. On va voir les vaches, les poules et les cochons !

– Bonjour, les enfants, dit le fermier. Venez vite, les animaux nous attendent. Vous avez de la chance, on a eu plein de naissances...!

Oh! le petit veau nouveau-né
tient déjà sur ses pattes!

L'agneau et sa maman
se font des gros câlins.

Voici la cane, suiv

Et la chèvre, il est où son bébé ?
Il n'est pas encore né !

ses canetons en rang d'oignons.

Les petits cochons sont très mignons
avec leur queue en tire-bouchon !

Dans le poulailler, trois belles
poules couvent en caquetant.

ous savez, les enfants, tant que les
fs ne sont pas éclos, ils doivent rester
au chaud ! dit le fermier.

– À table !

t maintenant, c'est l'heure du pique-nique!

Uki s'assoit sur une grosse pierre...
et remarque un drôle de caillou!

– Mais c'est un œuf perdu ! s'écrie-t-il.
– Et à qui il est, cet œuf ? demandent les enfants.
– Il faut absolument retrouver sa maman, dit Uki.
Vite, Guillaume, passe-moi
ton écharpe, on va
le mettre au chaud.

– C'est l'œuf de la poule ?
demande Barbara.
– Non, répond Uki, il est
beaucoup trop rond.

– Alors, il est à l'oie,
affirme Jeanne.

– Pas du tout, il est bien trop petit !

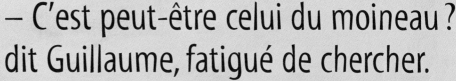

– C'est peut-être celui du moineau ?
dit Guillaume, fatigué de chercher.
– Mais non, il est trop grand, dit Uki.
– Et si c'était celui du cochon ?
s'écrie Cyril.
– Personne n'a jamais vu un cochon
pondre des œufs, voyons !
Bien embêté, Uki retourne s'asseoir
sur sa pierre.

Soudain, il sent que ça bouge...
Une pierre qui bouge ?
– Oh, une tortue !

– Bonjour, madame la tortue !

– Elle a l'air toute triste! murmure Barbara.

– J'ai compris! dit Uki.
Elle est triste car
elle a perdu son œuf!

Et c'est comme ça que, tous ensemble, Uki et ses amis ont rendu à maman tortue l'œuf qu'elle avait cru perdu !

BARBARA : elle joue
aux billes et elle a
la plus grosse collection
de dinosaures !

GUILLAUME : il aime
chanter. Comme il a souvent
mal à la gorge, sa maman
lui tricote plein d'écharpes.

CHLOÉ : elle aime
les robes qui tournent
mais pas les poupées.
Elle est la fiancée
de Cyril.

MIREILLE : inséparable
de ses poupées. Elle est
très copine avec Chloé.

PIERRE : il est très costaud
et aussi très rigolo.